新时代成都文学丛书 第一辑

新成都诗歌

龚学敏——

著

成都时代出版社
CHENGDU TIMES PRESS

目录

目录

Contents

目录

悦来茶馆[1]

一枚叫作川戏的茶叶，在盆地的
茶杯中，被时间泡着

慢慢地，浸出一声悦耳的悠闲
茶叶们散漫
用川西坝子的浓雾
上粉，涂脂，描眉，画眼线……
直到，分不清哪一片是戏
哪一笔是茶叶

说四川话的白蛇，在老乡筑的
苏堤上，进退自如

---

[1]悦来茶馆，位于成都华兴街，始建于清末。近代川
剧史上最重要的演出团体"三庆会"曾在此发端，被称"戏
窝子"，为成都文化地标之一。

即使桥断

川江水照淹金山不误。爱情比

高腔还高

水袖比青城山洞中的梦还长

人心的鼓点，在谱上乱敲

唱腔是街道上一气呵成的救护车

专治浮躁，和得心病的

汽车，以及线路太多的导航

茶碗中长出的川戏的树

一出一叶

提铜壶的人，用滚水翻本子

人走

茶不凉，只是把人装进戏中

自己当角，演给自己听

我在华兴街对面，给戏中人

掺茶

日子一久，心中便长出了锣鼓

盘飧市[1]

晚唐的版图，被诗人走得七零八落

美食在纸上的远处，随手一笔

青天即理想

白鹭一行

许是送腌卤的诗句

读一首唐诗，我便在成都的菜谱中

得一味秘方

直到，所有的平仄在新诗的器皿里

相生相安，不违和

近可乘船，远则登雪山

---

[1]盘飧市是成都著名腌卤店，始建于1925年，店名取自杜甫《客至》诗句"盘飧市远无兼味，樽酒家贫只旧醅"。

市井菜单上方言的烟火

比唐时，人气旺

比旧体的诗，更辽阔。比如豆瓣

即便乱，在瓷盘中，遇油

便是氤氲状

食客在攘攘中，不断与自己对饮

纸鸢带着诗句飞

停车场的汽车不饮酒，如那唐碑

不停地接新人

我们都是来路隐晦的简化字

在诗中找出处

一碟秋风，一盏安宁，一杯归途

……皆为同宗

成都邮电局大楼[1]

在清代，时间的白鹭蘸着锦江水

用暑袜街的手臂，给成都

盖上了第一枚邮戳

邮票再旧，也能把四川话叠方正

在下江的软语中报平安

在剑门的柏树上搭瞭望哨

喝毕早茶的梧桐，树荫会识字

在历史的街边，支摊

替市井写家书

丝绸的语气越绣越老

---

[1] 1901年，在暑袜街成立成都第一家邮电局——大清邮政成都分局，大楼如今仍在使用，已经成为四川省"文物建筑"。邮电局大楼前的邮筒，依旧保持着每天开两次的传统。

川戏中长了千年的世事，可以
随风变脸。也罢
雨再大，蜀道一个来回，信件
也能治病

邮差身影斑驳，在时间的砖上
映出青苔
是邮电给人世间画出的底线

邮筒和我，蹲在早已水泥的
台阶上，打望
汽车们都想错峰，却忘了错误

清音的洒水车，来时重，去时轻
一遍遍辗转
像是寻找信封中遗下的老故事

邮筒不出声
如身怀秘密的大侠，被人们
一封信，一封信地
传颂

古大慈寺

皇帝驻跸的寺院，题字尚在诵经

故事却一再曲折

商铺的花朵

一律凭利润的枝，区别朝向

比如，阳光只照耀

涂金粉的"大慈"二字

被遗弃的字，像剪过枝的向日葵

探出头来

翻译成英语，给城市做广告

青石照壁，被风水的书放大

如压抑了一千年的叹息，让鸟噙着

飞也不是，不飞也不是
对面的咖啡馆，按秩序派送钟声

服务生背着手敲钟，安慰
患抑郁症的小鸟们的睡眠

圆寂一位僧人，寺院便涂一层金粉
词典中的龟壳一老再老，而我们
如同简化字，筋骨松软，
水一样，情不自禁地四散开来

白鹭湾湿地

譬如水墨。从书中划出的小船
一味地单薄
直到成了白鹭颈上的那抹白

我在桃花用汛读书的烟雨中
一眠一生。直到成霜
成你水鸟的名字，贴进
这张纸淋透了千年的暮色

和草做的隐情，一同退到这里
众鸟沉寂。大地将会
用水把这么多的汉字孵出芽来

雨种，
给邛崃花楸山一株古茶树命名

茶叶是天空贮藏在人间的雨种
你把她们噙着，群山苍茫
那些路过雨种的人，便是江湖

夜宿青城山

白色浴袍给山道打补丁，汽车
趴在暗处睡眠
像是修行的人

柏油路把生长经文的松树
抱得比命还紧
酒店的眼睛见人睁开，夜幕
再沉
也要把路灯点亮成白蛇状
接引一个
算一个房间的修为

上山的门票，一张上印一个字

道德五千言

也远远不够呀

想得道的人太多，失德的身影

更多

清风只一缕

遍地都是导游撒下的枯叶

山脚的温泉，是人世的假莲花

再坦诚，也无法成仙

水杉

患强迫症的水杉们，即便夜里
也要站出护道树的齐整

昏黄的车灯一闪，一闪
凿着旧日子的围墙
这么多夜行的人，在铁壳里
谋生计

鸟儿的症状，比啼叫还琐碎
打太极拳的人
在草坪上反复画圈，直到
把自己拴在病历中

远山一笔。人心的雨点
都聚在路边的杂货店里

断头的柏油路，越铺越没有

成就感

到达民宿的肉类、蔬菜、水果

反穿着衣衫

隔清净世界，比天气预报

还远

而路旁废弃的送货车，依旧

运送尘嚣。水杉麻木

高处拼命的鹤

在天空的宣纸上，动了也是

白动

与一只鸫鸟相识的午后

汽车喇叭的树梢上，锈迹般

栖着的，是一只新来的鸫鸟

像是城市地图上

沾上的尘埃，细微到，清洁工

再多，也擦拭不干净

高楼窗户们众多的眼睛

一个洞穿我一次

像是临窗的妇人撕一张日历

就从我身上

剥一层皮，直到童年

草坪上只剩下土豆的气息

鸫鸟不合时宜的影子

在街心的纪念碑上

涂了一滴黑

我在城市西边问候鸫鸟的父母

落日停在我们中间

像是哑巴

对整个下午无话可说

夜钓者

再长的竹竿也触不到星宿
这是命，是黑色笼着的一截
小拇指

夜鸟用啼叫飞翔
我看不见天空划破的伤口

鱼，是天上遗下来的一粒痛
夜色的黑棉袄裹了一下
我把它盖在水上

夜钓者是一滴黑水，在岸上
用鱼，说生活

即景

小区的鸟已经丧失歌唱功能
空洞，如遗失钥匙的锁
我在开花的墙上
找到一张，印着黄斑的时间

风一吹，树叶便聚在我的身边
是我放弃了它们
如同这旷世的秋天，已经不能
让我们成熟

假山越来越假，望久了
我僵硬的脖子一动，遍地都是
水泥和沙子
连水都在嫌弃时间

饮酒的电瓶车，是一把生锈的

柴刀

粗鄙且暗藏杀机

把道路的警惕砍得遍体鳞伤

流浪猫躲在阴影中

把黑色外套倏地脱掉，独自

跑成

一道伤疤

窗户里憋了一下午的琴声

用胶合板的气味

给小区防腐。琴声

再清澈，也飞不过鸟的翅膀

只是天空被楼房撑得太高

鸟上不去

操场上的桉树

桉树笔直得比月光还苍白

电铃挤成一条

急促的鞭子

压迫操场上的声音们，连风

都朝着一个楼道涌出

树干把撑破的旧日子，课程表

一样，挂在嘴上

树龄越大，内心越空虚

像一位不出声的留级生

即使树干造成的纸，被风吹乱

黑字也压不住它们

哪怕十吨，终是舶来的树

承受不起一滴寒鸦的啼声

唯一象征沉重的

是扔在操场角落的一块破铁

还在收集过去敲出来的时间

虽然，被蚂蚁和月光

抬了多年

珙桐树下

麻雀是天上的尘埃

珙桐树用白色帕子

擦拭，这些比时间还长的忧伤

大地上行走的春天，许久

没听到水的新消息

如此寂寞，春天把自己当作

消息

写在珙桐树遗忘的

植物志的空白处。草坪上

虚构的羊

一咩

时间枯瘦，白花们就对着春天

颤一下

风的刀尚在远处，幼儿园画出的

苞谷

都已齐整地弯腰了

夜色降临。珙桐树擦着擦着

便把自己擦成夜空中，被风

举着的，一块化石

像是植物书中

一句抹不掉的

画外音。人们边说话

边忧伤

棕榈树

公路是棕榈树王国的边界，蚂蚁的

孤独，在斑马线上

把理想

挪了又挪，公交车的乌云

一刹车，叫声的旌旗

高于棕榈树所有的作息，比如

多年未曾露面的故事，在与树荫

握手

羸弱的那棵，是树中的医者

给茁壮的虚伪让路

直到在雷鸣中隐身

而雷鸣成为王国空洞的边疆

一群棕榈树把羽毛簇拥在

离砼很近的地方

是不是等着我选一个

与人、植物、水泥和理想都有关的

词

上弦月

城市的树林，越长越像塑料。拐弯
缓行的汽车
用迟暮，面对大地上这顽强着的遗言

楼房越来越高，钢铁的手臂
不断地击打夕阳的铁块
越击越黑。直到月牙像生病的缺点
散漫地盯着我们

上弦月是打在登记簿上的小勾
无论我们走到哪里，都悬挂在头上

放学时过幼儿园

农耕时代的儿歌，被下课的电铃声

撞碎，当作化肥

禾苗长得比墙上彩绘的长颈鹿

还虚胖

连奔跑都用胶垫包裹着

被保安警告的风

粗糙，蹲在围墙的精美外讪笑

外国语的细粮，像是成吨成吨的

颜料，把天空描得比蓝色还蓝

骑木马进城的唐诗

制成积木，被拼凑得满地伤痕

抬头是月字躲在霾中的咳嗽

一低头，故乡被马路的绳索

捆成生字

不成人样

学费和围墙一样高

放学的单行道摆满轿车，也是积木

铁门一开，挂着唐诗拐棍

年龄不同的两个汉字便叠在一起

一个念幼儿，一个教幼儿念

反正都一样，把我堵在长不大的

十字路口

桃花阵

山包上布桃花兵，抢劫混凝土中
出没的甲壳虫们
包括油价表脸庞上涨价的
愤怒

天气热得越快
高速公路的刀，磨得越锋利
桃花的伪装，与天空的
手指刺破时
落下的
夕阳越相似

山不用爬，桃花经济的针
给粉红的股票颓势，打索道的
生长素

埋头挖山的愚公，已移出

市场规划图

只有传说的树，被成语的油漆

刷过

孤单地杵在

网络冬天的数据中

桃花的钢盏，比甲壳虫坚硬

且不讲价

铜腥味的春天，一直在

伪造不用买保险

而能延长桃花试用期的

秘方

桃花已凋，经济的阵势

还摆在那里

热风熏过的鸟鸣，飘过我

去年坐过的

空椅子

一首与桃花的姿势有关的诗

其实，那一滴雨就要接近三月桃花状的水了。与我相隔
只是一首诗，或者一个青青的词那么远

谁天生的鸟，用羽毛给我盛酒。用透明似水的
喙，让我念想古时的美玉，和今生的
情人。春风一夜

一夜的春风，用琴声与鹤飞翔的传说，说服了
遍野的桃枝和当垆的女子说着话的细腰
一夜的酒，轻波泛舟，那鱼红色的衣衫，被风一流
在灯下，化成了水做的黎明。桃花似灯
我说：掌灯。并且，用沉香木的手一拍
她们就开了

其实，一滴雨潜伏在桃花之中，就是一羽飞翔的

　　词栖息在诗歌的枝上

我看见遍野粉红的诗歌，和种植她们的诗人，正在

下雨

冬日天桥遇僧记

道行越深，形容词的负担越重

喇叭在柏油路上食荤、贪嗔
我俩在钢架的天桥上
被脚下，车流的风刮着

那是蝼蚁们身穿的胆怯，伪装出
工厂里哺养出的速度，走得
极快，走过的路
成旷世的累
是要偿还这重的

剃走的黑发，上天用雪片还你
一刀刀地

大地不堪沉默，便用脚步踩过的
春天
开花给我们看

夜宿大邑稻香渔歌

雾似寒衫，于酒做门帘外欲进

又止

换过户籍的丝竹

断续，抖落我书中的尘埃

灯光比我用力

先人的诗句，被评论家拆散

论斤两卖。诗意浓处，价高

且抢手

比如远处的盘飧市

食客亦众

我在诗句的边角料中，拼卯榫

置茅草

搭今晚的栖身之处

余下的木块

给邻居的诗人，做一副麻将

可至天明，雾散，算是乡音

插秧机的手臂

按平仄写诗，不押韵的我

立在远处

三岔湖印象

于水中给过往写信。地铁叩门
水面的绸缎被城市
剪开，又缝上。像是水的新生

万物皆应景。白鹭的天气预报
来一次
观景台上的监测器便装订一页
直到白鹭的信
把风雨写尽，工业来临
我们从船上伸出的手指，都是
春天发出的芽，和诉求

鲶鱼在水的复印机中
与白鹭对证
垂钓的人用虚拟的空间，拉近
农耕着的石狮与飞机的时间

观景台的花开一次，城市的

意味便在书中三国般

印刷一次，演义的人们

在脚手架上不停变幻自己

大坝沉静

像是无法简化的汉字笔画

而我们将成新的汽车，水一样

被保养

文君当垆

地名砌成的垆旁，一站便是一万里
酒在志书中越走越老
与饮酒的我，只隔，拨一下琴
那么远

卡车是盛满四川口音的一件酒具
循古书纷至临邛，继而
散落大江南北
招摇一路，群山便醉了上千年

垆在成语的屋檐下，不动声色
无人敢同音哪
唯饮者留名，像是朝文君解下的
佩剑

典故捏成酒曲。每一粒汉字

被发酵成君子

我一埋头造句

身边的女子，便成心中一滴好酒

文君井

在汉的版图上，用酒凿一眼井来
时间的水漫至脚踝
我们都是她的护栏

文君井。只可用琴音汲水，把商标
酿成酒国的林中，第一枝实词

我们都在井水到过的地方生根
读《史记》
把故乡揣成井沿上的青苔
一起望月，即使有飞机掠过，权当
一句入怀来的乡愁

酒是一服医治离乡症的草药
须井水泡制，滴琴音二三
用文君嵌入赋中的字，一念
便愈

一棵叫作文君酒的树，枝叶繁茂
行路的人，可饮酒遮阴
在井边，亦可用汉赋乘凉

琴台路

酒做的铜驷马，在霓虹灯的
吆喝声里，一动不动

抚琴西路在另一条地铁线路上方
遍植梧桐
酒楼、酒吧、酒类直销店的叶子
被风酿得，满城皆是

生活怀揣着我，粮食般，一次次
被蒸煮，直到成为酒糟

酒客手中的剑
终是挡不住城市快速生长的标签

抚琴的路距琴台，一杯酒那么远
粮食和凤凰在邛崃，从水路
转高铁，越快
经济的那张纸越薄

玻璃瓶中的酒，越透明
情义越寡淡。与写书的人无关

下午茶

眼神的枝，被过路的空气抹迷离
栖住夏天对面生锈的鸟叫里

刹车声一颤，像是给城市做手术
我用水泥路面的刀疤
为自己的昏聩找理由

盆地的钟声，比想象的迟暮
还低沉
本欲饮茶撞钟问诊，无奈
新铸的词典，一本比一本厚
换衣服的字
比春天还忙
我在勾兑出的钟声里，睡也不是
醒也不是

以为在楼上。其实，所有的定位
不管高低，只要发出，便是手机
平面图上的
一个点而已。与过往的街道无关

话题中偶尔掠过的白鹭的影子
被茶盏认出谜底
索性一淡，走了

残茶像是夕阳和鸟心中的追求
眯一会儿，算一会儿

壬寅端午黄忠菜市场

艾蒿菖蒲躺在菜市场门口收费
辟邪

即便低微到三元一束，也要
连夜淋水
浇诗歌包装的保鲜剂，直到
传说被人买空

百草皆可为药，不止

声音虚胖的保安
用共享单车，携带众多的药粒
比如盒饭，比如年纪
任服一样，可治刮风下雨

治油价上涨时

与自己一样得病，且症状虚胖

回老家的车票

百毒不侵的已是人世间

艾蒿菖蒲，也得病

也由人打农药，由人割

捆至市场，给粽子散装的人生

做心慌时的药引

面包店的早晨

一车车的现实，从门前的马路
驶过
轮胎和柏油是辗压与被辗压的
亲戚，与其说相逢
不如讲彼此撕开怀中黑色的
怨恨

橱窗里的面包，睡醒的眼神
单调、整齐，一律虚张
像是一整天都趴在玻璃上放大的
期许

买面包的人，用身后的远山
安慰自己
和玻璃上慢慢发烫的过往

被一点点掏空现实的人，仿佛

一具越来越现实的

空壳，和面包的照片坐在一起

阳光是太阳的面包屑

洒在他们身上

早晨，只有咬一口隔夜的面包

垃圾车才会醒来

远山像是城市的牙齿，让现实

活着，又一点点被掏空

看见雪

月光下发誓的人，把蒿干枯的
令箭种在我居住的小区

时间被雾阻隔，我听见的
只是一小块土，幼年时的哀伤

混凝土们挤在一起，阳台的
牙齿上，满是按揭的霜花

铺天的白布下，没有一辆卡车
学会哭泣

窗外满是搬运来的节日
玩具状的快递，不停地
给大地送假信

而大地挤在一起
连废墟的伤疤都是新的

快递的纸箱成为象征
用虚伪，让女人度时光

我从未写哀伤这个词，可是
冬天还是来了

商业中心楼顶的蓝花楹

天空的蓝被掐成一朵朵，安放在
从商标的刀片丛中，挣脱的
树枝上

而楼下的人影，是大地变幻出的
伤痕
被商业聚拢，夕阳用最后一口气
让万物膨胀
唯有天空的底色无价
包括黑夜，和星星的病痛

蓝色连衣裙的花朵让整栋大楼的
玻璃枝，充满欲望

精致的商业
成为所有春天空调状的发动机

系在树枝上的红色腈纶丝巾的
火苗
正在被石油的尸体点燃

一羽白鹭

之于西江河，仿佛读出的一句
诗。水面的喧嚣如此夸张
比如朝代、地震，抑或天已暮

凫水而过
羽毛们蓬勃得从不发出声来
像是一茬茬的人，只饮水
视名字如残渣
不敢留半点墨，用来欺世

羽毛是浮在江面的鱼漂。诗人
在龙王村，边酿酒，边打捞
河中的污字

诗歌透明的鱼线，在冬日的
阴沉中显人之本性
水将至清，而鱼在号令芦苇们
成长

理发店

背景音乐拼命捂着电动理发刀的嘴

整整一个上午，女理发师

一边抱怨膨胀的菜价

一边把顾客头上麻木的日子

韭菜样

割去

透明玻璃门把乱糟糟的噪音

装修成

整齐的房屋形状

让行人无法发现一屋子肢体破损的

音乐，作案工具和满地的线索

大地在远处独自平坦，我想起

割草机

吐出的一捆捆草

夕阳会混在它们中间

我是头天晚上来理发店的，所有
用幌子拼命的小店铺，都淹死在
大城市缥缈的街灯里
像大水池淹死那么多的小水

女技师的细胳膊，被巨大的夜色
压得比音乐还变形
我说，上次就是你理的
她说，好吧，电台已经预告
明天是个好天气，祝所有的天气
好运

双流机场

问讯台前过滤信息，空闲
一不留神
阿塔便挤在网络的关节处
如同，高原的向日葵

航班越准时，等待消息的人群
越无助，夜晚越黑

吸烟室门口的封条
给医药做广告，不停地被
快餐店的热茶，讥讽
一杯室内奔跑的茶
让一棵烟，抑郁，口号比行动无力
欲望卑鄙得
像是夜色中的陌路人

来自伊斯坦布尔的行李箱对黑暗中的

书籍、T恤、钥匙、签字笔，说

孩子们，晚安吧

登机口不停变更

像是一双不懂礼貌的筷子

搅来搅去，直到把牛肉面的爱情

搅凉，搅黄

连锁店围裙上印广告的女孩

关灯，上锁

极像夜色的主宰

产房

婴儿的黄疸像一个时代的特征
缺乏免疫力

欧洲名称的医院，如拥挤中
用久的旧口袋一般
挂在一环路的枝上

走廊上复制的西洋画，对婴儿的
哭声始终保持微笑
并且，成为一种职业，包括
飞翔的尿不湿

把一幢高楼篡改成广场
像是出生在真实的土地上，湿润
接地气，只有远在九寨沟的兄弟
忙着给先人上香

院落中的老榆树，像是走廊尽头的

汉字

黑体的静，大

而过往的人，和新生的婴儿，始终

无动于衷

楼上的幼婴

风吹不着，他们最先看见的汉字

除了不准啼哭的静之外

就是西药盒上的汉字说明的

禁忌

邮筒

冬夜街灯下的邮筒，像是流亡的平原
所以芭蕉绿的明信片
都是寄给自己的假话

与长满苔藓的石头的区别，在于
空洞的时间已经被后面追赶来的光
快速地，装满

人们已经不需把文字
烘暖后，再送给他人

靠着邮筒拍照的妇人，像是抓住
一枚时间坠落的树叶

站台

铁轨伸向远处，两旁长满城镇的瘤子
肠梗阻一般，让啄木鸟和庄稼厌恶
原野逝去
新生的大地，像是它遗落的尸体

屈子投江，诽谤的水一浪接一浪
菖蒲的刀，纵使把每一个端午
杀得遍体鳞伤
屈原也与屏住气息的龙船无关

杜甫蜷在船上，朝代的威仪被草芥们的
唐诗一卷卷地铺陈，帝国再锦绣花开
杜甫像是从未到过大唐

东坡一贬再贬，写出的月光覆盖沃野
包括卑微和饿殍，包括乱石穿空

千堆雪，只是写写而已

东坡已悄然滑出宋代

秋风秋雨不仅愁煞人，还把轩亭口

愁得朝天张开，欲言又止

没说出的正是秋瑾二字，无关大清

故宫是紫禁城的尸体

雾霾是工厂的呼吸和那么多汽车奔跑后的

尸体

高铁向远处驶去，站台上的标语

像是写给它的祝词

鸫鸟

坠落的鸫鸟让春天死出一个洞来
树叶用新鲜的暖昧
在居民区里无性繁殖
鸟鸣双目紧闭

倒春寒的门神，左右为难
纸糊的风筝被鸟鸣浸湿
纸是塑料的先辈，而鸟鸣成为春天的
孤儿，跌倒在楼梯口的锁上

度数降低，春天臃肿的酒瓶中倾出的
雨水
已经无法给大地消毒了

药铺

草长成的铜像，立在中药铺门口
一点点地，从活人的细节中死去
那么多阳光
像是拯救时开出的药方，更像是
给死亡，出具的证明

大街上笨拙的事实，包括垃圾车
来回的时间，都站在报社的阳台上
喧嚣。一只麻雀
极不情愿地召唤她的子女

我给学中医的表弟说，风水与算命
是麻雀的翅膀

胆怯的墨镜，一出场，便知晓

一个方向

可以治好痨病。众多的方向

却治不好风筝。如同

我们一边需要灵魂安息，而一边

又找不到灵魂

火锅

拖着长刀的鹅肠，在火锅的江湖中
走走停停。我在蜀汉路
错别字搭成的凉亭里，辣不欲生

矮胖的女人坐在板凳上一边吞噬
辣椒，一边诅咒她破碎的生活
一边卖弄肥厚的假嘴唇

三个女人用魏蜀吴的发黄纸巾，掩饰
劣质的话题，和背景的嘈杂

辣椒也抽烟，在张松献过的地图上
再一次丢失底线，替别人埋锅
给自己造饭

蜀汉路上散步的关羽，被聒噪砍一刀
脸便红一分
我看见关羽被吃火锅的女人，剥成
一枚赤身的辣椒，羞愧得
假装写诗，读春秋，然后身首异处

夜行货车

夜行货车在高速路磷光状的身上

路的长短

决定车厢内鸭子们拥挤着的寿命

长蛇一样的高速路伸进更黑的暗处

两边栅栏的鳞片

把欲望捋得很直，套在

货车的脖子上

名人故居闪亮的标牌，被后人的嘈杂

一个倏忽，抛入

鸭子们羽毛的喧嚣，并且混为一谈

高铁

高铁的银针，给羸弱的夕阳
祛风湿
星宿在沉睡，不同的鸟把各种激情的
毯子盖在同样的病症上

就这样吧。生病的田野被刀
割得杂碎，如同斑驳的旗子
黑夜缝补所有的成见，包括疼痛

在路上，时刻表一站站地提醒我
夕阳与目的地一同抵达
读着的书，不管是谁写的
都将没有结尾

我把自己固定在座次里，拼命

找药方

直到头发的书翻白，也是枉然

到站的高铁一头扎进城市的病灶

人脸纷纷被识别。雪花在二维码的

缝隙中降落

高楼整齐

下车的我，蹲下来

想要摸一摸，如此真实的大地

老酒馆

陈旧的中式花窗喘着气，说
桐油味的风老了，影子未朽

庭院里趁黑磨出的刀，和锋利的
话题，让贩子制成年少的文物

雷声不再让人吃惊。街角的酒馆
任意炮制的事件，足以使整条街
发抖
懦弱的灯光迅速奔跑
直到跑出一个完整的黑暗
而雷声，不过是漫过阴暗的
黑衣

飞蛾想要穿过阻挡夜晚的玻璃

食过荤腥的竹子，死成筷子

风吹过它们活着的子孙，但，它们

面对食欲，依旧

保持沉默

中式的花窗后面，咖啡用假牙

咀嚼生活，切牛排的刀越来越钝

青春像是血丝的成色

被服务生问来问去

与自由和血性无关

古镇

恨不得天气也老起来。银匠铺的

敲打声

像对面牙医拔出的蛀牙

一落地，就无人再理。游人的鱼

眼睁睁望着做旧的饵

一层层地，剥落浮在人世间的

绿油漆

忘记插上的门闩，作为装饰，盯着风

不知从何处下口

风用小巷的形状慢慢长大，招惹

满街的灯笼。游人暧昧地

蜷缩在红色中

边发抖，边哆嗦

标准间出来的女人，在庭院中发出的

微信，如同古镇夜色中央长出的

一棵消息树

挂满了银子制成的赝品

一点都不标准

女贞树

迟钝的女贞树在正午阳光下昏睡

已经听不到惊雷

事物经历一遍，耳膜就被刺破一点

不识时务的鸟啼

把妄想叠成纸飞机，挑战天空

又被一次次打回原形

已经没有惊雷。走在最后的乌云

正在吞噬所有的声音

鸟啼于清晨，随露水

滴在僵硬的水泥上，嫁接给甲壳虫的

伪装

文青们不停抄袭植物仅存的名称
用普通话修剪女贞树的睡眠
树不觉，不悟
像是印在大地上的一句废话

偶尔，有车辆驶过，提醒文青们
尾气的藤蔓成为新的植物
写字的白纸像污水浸泡出的大地

在芦稿村

地块越来越小，村民的想法越来越多
秧子、红苔、油菜、小麦、豆角
已经学坏
旧时可以让村民安心的它们
现在，我一眼望去
便看见那么多的农药、膨胀剂
和人心的不足

院落里遍布的鸭叫声，像一棵棵青葱
插在村子老迈的空壳上

大多的路已经硬化，田坎在雨中
依旧滑滑地趴在田里
像是唯一敏感的神经
抱住那些姓氏不一的地块，田垄
从不说硬话
谁也不得罪

村口的麻将室，像是水泥的车厢

一茬茬地上下乘客

车至年关，搓麻将的麻客，换成了

天南地北觅食回来的麻雀

在芦村，打麻将是最重的力气活

村子里的人越来越少

麻将像是贴在村口治病的

膏药

一是聚人气

二是把一个个的日子搓出声响来

让出门的人

能听出老家的动静，治他们

身在远处的心病

雨说下就下，山沟里的村子

终于把自己长成一道疤痕

和机耕道连在一起

像是树上的核桃，心好，看着绿

只是我一砸

手就黑了

芦稿插秧记

想着让大地的羽毛更加丰满

插秧的人一弯腰，众多植物的翅膀
应该在秧田的镜面
被农业的经验放大
载着大地开始飞翔

荒芜的田越来越多，像是飞翔
与飞翔之间长出的癣。可惜

插秧机钢铁的腰，用柴油的烟
喘气
我是一棵晒蔫的病秧
被农药、化肥、除草剂捆成农村人
从书中
一眼就能识出的错别字

大地被像我这样越来越多的错别字

写得感冒

秧苗们的羽毛虚假，甚至塑料样

屏住呼吸

让大地抬不起头来

世态炎凉，米粒从秧苗开始让步

直到我分不清五谷

直到超市成为人们欲望喧嚣的田地

直到粮食被盒装，被塑封

直到插秧的动作被印成商标

用来商业

在石村

薰衣草走在路上，山坡紫色的叫鸣
是从未有过的整齐
树脂的公鸡用施过除草剂的钟点
边模仿精致主义的
茶寮，边模仿古风
纳凉
玩具枪瞄准路上的汽车，它们是
农田资本过后
新衍生的猎物

三角梅的印刷机在行人的路上
印出红色，像是裸露的心脏
走在身体欲望的前面

照相机把规划图拍成游人的背景

一边画饼，一边充饥

直到所有的饼都成为饥饿本身

而且，每一条路

都是经济

在石村

人造的景点像是新写的聊斋

给艳遇搭玻璃房，建钢架屋，唯独

少了异史氏

曰也不是，不曰也不是

在菠村

披着乡村外套的楼房

像是地里的庄稼，应时而生

风从过去的空中吹过来

现实如同陷阱，人们不锈钢的渴望

如崭新的绳索

飞机的起落是开了又谢的花朵

比夏天

假湖水上时间的发绿还快

我只是在塑料桃花的深夜

给网络上的广告装修诗意

黄桷树的大小是房价的标签

荫凉已无用处

像儿时黑白分明的电影中

编织的草帽上的伪装

敌人和自然凉不易分清，并且

越来越模糊

新修的柏油路紧紧抓住土地

强势的爪

让土地透不过气来

农耕成为项目，在规划图上像是古时的风调雨顺

只是商业的用处不同

城市的传染病攻寨掠地

乡村纷纷变节，成为叛军

朝更加广大的纵深处下手，一茬茬

用形容庄稼的名词

形容乡村的遗老

我看见宽敞的大道像铁鸟飞过天空

纵然世界变完

我站在原处，不敢变心哪

因为那将是先人们回来时

唯一记得的地方

夏日雨后的小区

被雨压迫的蝉鸣，扑出来
像一块红布，给门卫的手臂箍上
滚烫的袖套
试图区分被暴雨打击过的事物

大地铺满熬不到秋天的树叶
它们和即将死亡的秋天一样枯黄
是走在前面的先觉者

垃圾袋上的雨珠，和棕树叶上的
雨珠，保持同样坠落的
姿势

一个万念俱灰。一个
在万念俱灰的路上

飞机的蝉，从清洗后的天空掠过
金属的零件统一地鸣叫着
我一抬头，背心便是秋凉

川军抗战

——与王铭章将军有关的最后四段独白

王铭章（1893—1938），四川新都人。1937年抗日战争爆
发后，所部奉命奔赴前线。1938年1月，任国民革命军第
四十一军前敌总指挥、代理军长，防守津浦北段；3月17
日，在滕县抗击日军时壮烈殉国。

——题记

滕县县长：

铭章兄，昨晚把盏，泼在地上的那酒，长成一棵树了
铭章兄，昨晚我线装着的梦境中又出现蝗虫了

此时，身着军装的铭章兄正在县城街头，播撒桑树的种子
身上流出的酒，把香，直接弥漫到
我砌了那么久的城墙上

我看见循着酒香而来的蝗虫，酌满了你的身体，铭章兄
你正在用几近狰狞的笑声，让它们痛失所有的炙热

用血染过的笑声，笔直地掠过风度翩翩的

军帽；把仅有的酒，和它滋生的歌，枪一样地

架在冰封着的护城河上。铭章兄

那些蝗虫的旗帜，不寒而栗了

可是，蝗虫们依旧自由地进出着你的身躯

你像是空气一样虚无的身躯

铭章兄，你高高挥动着的手，在想象的天上，写着

古朴的字。我在城墙上被迎面而来的风，吹成那面

破烂的鼓了。我看见你的手写出的

红字，和字中间支离破碎着的那些经典声音；它们

像树一样地生长，直到

把我也策划成一枚可以传世的叶子

铭章兄，你最后一次挥动的手，把我珍爱的鼓敲碎了

我站得高的缘由，就是想看着那粒子弹

如何放进你已经发黄的履历；然后朝我，和我唯一的

鼓，如何走来

来吧。铭章兄，作为军人，你理应倒在县城西边

那块一直等着你倒下的青石板上

那块我用清水洒过的石板，昨夜
我还特别地，用酒，和它好听的歌声洗过的石板

来吧。让我从来就没有缚过鸡的手臂，再看一次
从今以后，就会在书中出现的娇妻弱子
铭章兄，一定要记着呵，一定要把头倒
向四川的新都呵。我的铭章兄呵

哈哈。我让子弹停在了那个瞬间。我在城头上
把自己从容地飘成一面旗了
铭章兄，我是文人，我选择了一种完整，像是
昨晚闭上的那书

铭章兄，我要倒在我的土中
我要在我的土中睡觉；并且，还要用那只睁着的眼睛
看着他们把你送回只有四川才有的新都去

日军士兵：

我知道了，为什么我的双脚，开始停滞

我终于知道了，我产自东洋的马，为什么举步维艰。因为

在这片我不熟悉的土地下面

有着无数双，只剩下血的手

我的故事在一衣带水的东瀛，我是她的樱花

把枝伸到汉字里面来了；把淡淡地粉着的

花，开进灯笼们大红着的夜里了

那些汉字，是酒中浸泡了多时的毒

我听见这么多的苦和痛楚，正在进入我的臂膀

那些灯笼中泛出的红，手起刀落

把我细腻的樱，送回弱不禁风的船上了

我只有把泪水流出的速度，还给一言不发的那人

我不知道他姓王

王，你没有飞机，在众人的簇拥下，你依然是可以草上
　飞的
可是，王，你不飞。王，你用眼睛
汉字写成的眼睛中的黑，让我无路可走
因为，我目不识丁。我空洞的眼中，王，你是一棵长满
　了粮食的树

是谁在阻止我。我手中的刀，像是见到了它的父亲
显得力不从心

王，你是我见过的，最好的一棵树。我知道
如果把你伐倒，地下
会长出一双树一样巨大的手，会终止我整日里朝思暮想
总是
无法知道尽头的路

我是如此地心存暗恋，并且，侥幸
我真想放走你，王

我的胸襟又是如此的狭隘，像是我精巧的家园

我不能放走你。王，你是我找到的最好的一块石头

我要磨一磨刀，和久未唱出的小调

直到最后，你还是自己把自己伐倒了。你的双手，已经

长了出来

已经，卡住我的喉咙了。从此

四周便是关于王，红红的传说。用尘土演绎的红。再远

　　一些

是我铺地的樱花，和她肤浅的

自言自语

将军卫兵：

长官。其实我的心中盛满了惧怕。我害怕天亮

因为太阳知道你手中紧攥着的时间

已经不多了，它在算计着你

像是手中你发给我的这杆汉阳造，已经不再是铁了

东边的城楼上挂着一滴水，支撑着我腰间的

水壶。我的身上，只有一颗眼珠，可我

还是想要上楼去，望一望远处

单纯的远处，哪怕就算不是老家的远处也行

看看已经空了的壶。曾经的水

干在哪一粒飞翔着的子弹上了。可是

长官，我害怕呀，我怕站在高处的名字，被风吹倒

压垮家中唯一的那头黄牛

长官。我害怕脚丫上婆娘缝的麻鞋，纯粹的

麻，饮水之后，长成一棵四川的样子

被迎面而来的日本腔调，挤在阴险的地方，

水土不服

长官。我喊你时发出的那些声音，被他们围在中间

无法脱身

长官。他们在书上说，1938 年的春天来了

可是，我害怕春天

我不知道这个春天，会不会是我最后的春天。我不想

成为城墙上的那旗，四面临风。用完最后的春天

长官，我是如此地惧怕，惧怕得四处乱想，像是
老家河滩上疯窜着的鸭子
长官。你镇静得很。你不怕，你是一颗上好的
种子
让我背着粮食一样冬眠的你，连夜走吧

长官。乘着春天和我的泪水，你快发一枚芽吧

将军夫人：

夫君，你赠我的银手镯，一夜之间，所有的银子
都朝着东方走了，寻你去了
我春天的衣衫上

那朵蜀绣的花儿，成了一缕青烟，像是银子一样地白了

天像银子一样地白了。然后
我被自己产生的念头吓坏了，我赤裸的手臂
上不沾天，下不沾地。夫君
我把你想要男耕女织的手镯丢了

我不知道在每天的深夜里会等到什么。夫君，我不止一
　次地
把你的名字，被我用身子暖温了的名字
念成一锭锭的银子，手镯一样的银子
铺成满天的月光，安抚孩子们的梦境

夫君，临出川时，我赠你的那滴泪，被天气
冻成了冰。在终日忐忑不安的目光中
我听见唢呐的声音了，像是你娶我过门时的那种音
铜一样地亮着
我为什么会把铜，可以做成子弹的铜
像你的名字一样，梦进自己在新都老家雕花床上的身子
我真的害怕了
像是害怕邻街那位会算命的婆婆慈祥的眼神

他们说我等你的姿态很贤惠。可是，我的每一处肌肤
好像都是在等着今天的消息，直到
你再也站不起来，直到

你躺着回来。夫君呵，你不知道

我扯去了每一根让我害怕的、长着这种念头的头发

可是

它们像地里的草一样，又长出来了啊

我知道，你离开新都的那天

就是你走的那天了

夫君，你知道我是不识字的。他们把书上的几滴墨

说成是你

我总是不信呵。他们又绕着弯子

说你成仁了

我还是想不明白，成仁的你，就再也不做我永生永世的

夫君了吗？

有一种宽叫作把水切薄

把水切薄。用声音磨刀的人
不停调试
一匹马嵌在植物中的距离

水的宽阔，把聚拢在一起的时间
浸成口哨
种进杏树的名字
成为风月，钉在
药方的白纸上

水草的宽泛被鲤鱼游成书
躺在阳光老年的手心

把声音磨细。乘凉的汽车
穿过线装书时
被时间缝成一只白鹭
泊在舞蹈的面具中

窄成草的水

正在搬运玻璃砖的年龄

和树上结果的盐

月光一律碎花

成为树挂着的药剂

有一种宽叫作把水切薄

像世上的药，守着庄稼们走过的路

水的狭窄被用声音磨刀的人

噙成了时间的暗器

成都麻羊

烹羊者说：
膻味是羊攻击人类最有效的犄角

低处的山冈，被楼盘的鞭子抽打得
遍体鳞伤
混凝土手里长出的草，热风吹过
在清晨，成为塑料
成为汤色，如冬至这个节气进补时生产
火锅的机器

人的味蕾一次次票决羊的繁殖方式
羊的历史越来越精细
被蒸熟，烧熟，涮熟，烤熟，去异味
上乘的羊字，已经与写它的笔
和书无关，与大漠中的野草无关

用高原的海拔过滤真实

羊毛在时间中，温暖地说出假话

汤锅熬熟的地名，比如成都，比如黄甲镇

挂在高速公路分岔的树杈上

像是招牌

像是成都穿旧的衣衫

落在吃客们雪夜的历史中

我只是一句与羊无关的过路的唱腔

烹羊者说：

所有动物的原产地只是一把适合杀戮的

利刃，与煎熬的火候而已

成都动物园里的长颈鹿

非洲被卡车装载为城市的郊区

动物园是人工制造的胃，消化
食物链按门、目、科、纲分类的
每一个细节
包括出生遥远的非洲地名

那些独立的草原，独立的水
纷纷沦陷
像是铁蹄下的草芥和我们的呼吸

潮湿的蜀，是一块洗澡多年的毛巾
搭在口音嬗变的枝头
一抹，草原隔着玻璃飞翔
再抹，草原成为毛皮

粘在游人的阅历上。辽阔

变得如此肤浅

雾霾中的起搏器，沿着花斑颈脖的楼梯

用望远镜努力生长

挂在屋顶的叶子

像是消息树，用孩童们目光的温度计

测试

作为玩具的长颈鹿的使用周期

空地上的鸽子

一群犹豫的逗号在拖拉机手脱帽的高度
默念一下，台词
豆子般撒落下来
像是冬天的清脆，敲击大地给它们留下的
救生筏

被风吹痛的逗号
把痛递给那双歇在空椅子上祷告着的油腻手套
像是亲戚
天空和支撑天空的杂乱树枝，以及钟声
成了空洞的道具

猪一样突突地啃噬大地的拖拉机

把大地的骨头吐成荒野

与远处的房屋成为彼此的风景

逗号是他们希望的光

一筐被教堂塔顶上的钟声敲碎的铁块

散落在空地上

成为大地黑色的句号

杜甫草堂围墙上的流浪猫

我相信源起，如同一扇门
会成为整个院落
最昂贵的补丁

唐诗中的鼠，被圣人写瘦
过宋桥，涉元水
一路食黍，歇在偏安的闲谈中
鼠毫在我说出的话中
用败笔写新诗
和大地上的粮食

我相信源起，如同相信汉字的猫，终将
会为唐诗戍边

噬草的猫在春天重生

春天死了

天空把春天刻在围墙没有字的碑上

外面的人群，正在用雨水洗涤春天的哀伤

地铁广告牌上的长尾阔嘴鸟

僵硬成钢铁的时间，绷紧在拟好的
病历中
黎明蜂拥而来，城市的外套猝不及防
开始不停咳嗽

钢铁的枝，在照相机中筑巢
藏在地下的光线，切割声音、天空
和飞翔
时间在长尾阔嘴鸟的遗像里
呆滞成树脂状的文物

股市中的饼干在悬崖上勒住鸟鸣

模仿风吹走的

幅度，想成为钉在地上的铁钉。人们

生不逢时，只好逢市

把长尾阔嘴鸟带上地面的公文包

孵出红绿灯，趴在痛不欲生中

像是人间烟火

望锦江

柏油路比河面平整，城市化的
躯壳，在模仿河的腰肢
锦江自古乃人工
随弯就弯吧
一条江提着两岸高楼的脊椎
在望江楼上，一会儿想李白
一会儿念杜甫
天上人间，唯独
遗了当下

车轮橡胶的耳朵，在沦落为
马路的堤上，奔跑，朝着
零乱的老店招背唐诗
而大地拒绝聆听
河水的呆滞，像是耳聋的妇人
妆浓不浓不重要，反正自己
听不见

岷江的漂木，终是晾不干的

歌手的尖锐

吠不开楼盘丛中的窗户

即使落地

玻璃也是流水线上孵出的妖

夜场的假花，把芙蓉细枝

压在成都的怀中

锣鼓再密，也敲不醒用宋词

装睡的川剧

听不听，无所谓

谁让交子泊锦江

纸轻，沿河的垃圾即便不沉

也比水重

那么多化在雾中的脸壳

雾，承受不起

掉下来就是泪，被送快递的

电瓶车，运进小区

电梯一升，便成了药

再升

就与等着医治的病

一起望窄窄的锦江吧

黄忠路

黄忠墓、黄忠祠位于成都西门，因修路，毁于1965年。
墓本有异议，祠再建未尝不可。

——题记

出租车上电台的三国，像街上拖着的大刀

把游客逼进街名线装的破损处

汉升的句号，被装载机碾压开来

薄到世故的斑马线上

楼盘高于烽火

单车的匕首，在羊肉汤中

寻不见敌手

年迈的兵器们

聚集在蜀汉路出城的红灯中

汽车的苦肉计在街上离间月光

女人贩卖投降的豆腐

铅笔中的旧人用乌鸦作假
坝坝茶

给三国的失效期照明

川剧被暗箭中伤，演义的扮相
正在回锅
高于蜀的麻雀在腔调边上饮水
唱本中的国土被红灯瓦解，弦一松
汽车的箭纷纷逃亡

庶出的公交车，给汉升戴孝
在地图上哭完油
停在黄忠的名字上过夜，秋风一紧
像是守陵的暗哨

科甲巷石达开殉难处

时间凌迟成一块假装结痂的石碑

短裙的刀，把整条街门牌的经历

剐得面目全非

卖银器的鸽子给天空喂奶

雾霾像清妖辫子上塑料们蓬松的昆虫

南京口音的披肩，包庇雨滴来历

橱窗风干的时间

在巷子拐弯处显形，夕阳的走卒

用玻璃暧昧

喝完酒的大渡河

在酣睡中，被刀结果

咖啡的素幌子，别在女人

淋水的性别上

铁板置于秘籍中的监狱

用硬币一敲

生与死，悉数潜伏在注释中

在正科甲巷的树上，石达开的桃子

硕大，多汁，一脸狰狞

所有过往的季节，桃花朵朵

无一匹配

文殊院喝坝坝茶

放生池被塑料的风，停在半空
落不到经文饮水时漂过的实处

满廊的字，在茶的去处留白
遗一只画眉
像是活着的悲悯，空白越多，出租车
飞得越久，还要，沿着钟声光滑的
睡眠给寺院掺水

母亲用手机放生的鱼
让池里的机器兑成钞票，站在
鼓声的树旁。一震，茶水凋零
万物重新命名

银杏的结局被扑克牌暗算

素食从早课的水中谋划茶碗的构思

水的义工给纸上的菩提二字掺茶

蚂蚁驮着母亲说过的话，一遍遍

在落叶上用月色筑堤

茶碗的鳃已闭

我还在梵音的吸烟处

九眼桥

车辆在时间中搅局。粮食穿过报纸
用陈年的新闻洗澡
白鹭的鸣叫遍布胰子
被荧光，挂在暗地

雾在结婚证的颜色上开出花来
一群鳝鱼从桥孔送亲
一群鳝鱼从桥孔迎亲
钢印嫁出的水，用肥硕的棉衣
隐蔽汽车的虱子

鲤鱼的护照涂满各类金属的关文
一人一关，尿素让民谣伪装的假肢
茁壮

狐狸的视频，一眼一眼地逼真

庙宇在水上漂

水的筋道，被菜谱中的油腻一箭射中

酒吧们睁开眼来

醉了的成都在啤水的河上一晃

一晃

直到日子花完

彭州白鹿镇领报修院

一树的空旷，银杏已经举不起

众多的经历

天空留给神灵

我的名字在地上匍匐

比落叶的明天还低

白鹿的唱诗班。一袭黑衫是歌的影子

我把年轻时下午的照片排在院落里

一年年地站着

风铃在阳光中饮茶，打盹

像是中式棋局中的高手。念头一闪

坡上的青草便是白鹿的来生

女人在露水中用雁叫做成的笔

描眉。草又枯了

像她的腰身

一个房间只能夜宿一个被霜打过的名字

南飞的雁把长好的云朵插在

一不留神，便微醺的头上

午后的修道院。怀孕的管风琴从河中孵出

三只鸭子。宽松的睡袍

在玻璃中，走走，停停

我坐在台阶上计算一动不动的时光

鱼绕我一圈，就长一岁

像是女人闲置的农田

生活与白鹿一样，在远处丰满

在领报修院。比我高的窗子还在生长

镇上的白鹿和我晚餐，聊天

一直聊到天上的树，一棵棵地老迈

像是下过雪的大地

天府广场遇雨

灵魂有没有性别？往来的钢铁
用塑料
拷问雨中残喘的空气

现实的锅盔一步步演变，馅被
招牌上军屯的牛哞，逼成谎话

石兽在雨制的口号中调整步伐
恐惧症躺在草坪上，回忆
橄榄树，和公交车满载的怯懦

撑伞的灵魂像是生锈的针

旧地图上磨刀的书店

把姓氏擦亮。那么多想要捡起自己的

雨呀，不停地抽走天空乌云的纸币

风被大地磨得比人心还锋利

地名成为疤痕

远处植树的青铜，正在流水线上

生产历史

都江堰，元月二日，雪，
听陈大华兄吹尺八

语词在雪花中冻着

隔壁的唐朝，用银子的水模拟大地

雪花把撕碎的声音归拢在枝上

谱的姿势越低

天空便越高，像斑鸠说出的历史

无味

不着边际

一声。蜡梅一朵，山上飘下的仕女

是去年植的雪

我是一头的白发，学李白

把两袖的风月散尽

二声。蜡梅二朵，吐出鸟鸣的道士

坐在瓣上，写一些节气

是树长的唐名

与松和我无关

三声。蜡梅三朵，我随身携带的三年时光

被大华兄炼成一剂中药

一年切碎，专治相思

一年碾薄，贴在患处，痛成了衣衫

一年圆润，竹无芯，吹成心便是

梅子中长出的酒，六杯，是药引

可以饮，叫作酒色

可以梅花朵朵，无色，莫名其妙

成都傍晚的莫舍咖啡

把夕阳再调浓一点便是爱情。风衣的树
在座位上发芽
一滴从水中伸出懒腰的音乐
用小拇指轻轻的春天，打翻了整个夜色

咖啡的性别和傍晚的曲子纠结在一起
地铁口出来的时间
用口哨的密码，勾引门上游着的鱼

在莫舍。我把玻璃桌面上长出的烟草味
收割在诗里，读给被雨淋湿的小时光

彭州丹景山读陆游《天彭牡丹谱》

一页山崖。花朵们叠成的日历保持陈旧
用蜥蜴搭成的前半生，是牡丹的理想
我的后半生，只是理一理曾经的理想

平原上的牡丹是汽车盛大的尾气
《天彭牡丹谱》续写着丰田霸道、本田、路虎……

距陆游只是沥青那么远
仅一页，已无法判定
是陆兄的遗稿，抑或是聊以充饥的锅魁
锅魁居然也魁，也算牡丹后人

钢铁围拢过来，花谱被挤在百度中喘气
愈渐稀薄的空气压成一页白纸
面带宋时的女色
有些飘，像是陆兄的预言
错。错。错

将清晨比喻成牡丹的路上

春天闪了腰

要么清晨还在，牡丹在谱中不甘心

要么牡丹还在，只是说开便开

在水泥凉亭的句号中，喝茶，聊古今

直到丹皮做的封底

说，不知中医开花否

陆游倒是可以清火

惜字宫南街

只有焚烧过的名字才能荏苒

芳草不是草，是一辆出租车的纸上

口红绘出的小人儿

麻将中的狗，无家可归

在旧书摊读完书后

站在比玻璃还要无耻的

路牌上

民国还在惜字的街，把胡须弄乱

把胆小的时间

停在暗处，怀孕，生产

报纸们在减产

对着同龄的字，浇水，终日抱着

可是，毛笔们终是救不活的

夕阳从邻居的怀中伸出手
成为盖碗茶中那个被搅乱的成语
面店挤在一起

唯恐被人草一般拾去。正在修建的地铁
卡住了火苗，还有焚烧字迹时
细手的女人

黑字和天空逃逸。白纸叠成的前世
蜷缩在公交车站台上，作揖，讲礼
虚拟的汉字怀才不遇
像是纷纷凋零的江湖

乌鸦在书中的火炉旁，繁体地叫着
成都市第三中学，仓皇出逃

输着液体的汉字
像是民国以后的风

在成都读唐平油画《花儿卓玛》

卓玛，我的一个前世是一朵花

卓玛，我所有的前世，就是你的花丛

我想你一次，太阳就发出一丝的光

你的名字已经被我念想成万丈霞光了啊

蓝色的鸟鸣是你夏季的长裙

那些青春着的藏马鸡，是一条小溪

从你的眼睑深处流了过来

我看见了我们的村寨在山谷里飞翔

我闻到了栖在你腰肢的那缕香

那些和鱼儿一样，未嫁的长发

月光的念珠在你姣好的手上，卓玛

香，到哪里，花就开到那里

绿松石的天鹅指路

我的今生，和你的名字就在那里

卓玛，我的每一个来世就是一株珊瑚

卓玛，我所有的来世

就是你头上系着的那么多妩媚

你要给我收拾好了

卓玛，在来世，你看见的每一朵花儿

都是我的命，是我那一生的名字

譬如白头翁，譬如断肠草

卓玛，在来世，如果你看见一片

今天这样开着的花儿

卓玛，那就是我的永生永世，是你的命

在成都再读李商隐
《访隐者不遇成二绝》

一

一尾蛇的秋天，是水邻居的树叶

蜕皮而已。发芽的红马车

被一句长在树上的话

停在松林中。褐马鸡用风给她筑巢

独眼的蛇引领众草的睡眠

阳光与投机的鸟鸣，沉入水底

和鱼，一样的消停

隐者距车铃一步之遥，距我

十株香草，看着夕阳落去的名词们

途经白发，成为箫中的清晨

和犬吠状的雪花

梦境蓬勃，和入睡的马车一致
接天的秋水
让我一隐再隐，人云亦云

二

褐马鸡栖在自己干净的身上，不鸣
在书中写成寺庙的蓑衣

柴扉上养了千年的鱼，拴着
蛇的身世。是相好，须放下她们

铃声迈出的第一步，便是大地上的谬误
把天空放在雨滴无法开花的地方
把大地放在雨滴无法结果的空中

鸟鸣饮尽空虚的雨，飞走了

杜甫草堂读《绝句》

黄鹂被草书的烟圈牵在手机上
翠柳把坛子里的酒肉泡成假寐

白鹭用电波发育和化妆
青天让汽车压迫成羽毛

窗被空气炼黑的字一次次穿透
在连环画背面说谎的千秋雪啊

门一遍遍跑过水和溺亡的土话
风蔑视的纸悉数叠成了万里船

在成都悦来茶园看川剧

用吕布那被我画过的戟，轻轻一挑

川西坝子上，从三国的凌晨

罩到现在的雾

就破了

吕布是雾茫茫的川剧里，走投无路的脸谱

像是一棵由着老脸们摆布的草

被老气横秋的椅子们

明察秋毫

不得有误

这一句胡琴腔中，你要

背信弃义，要让台下的我

和池子里那尾想着红杏出墙的

老鲤鱼

都心满意足

把自己想成台上装模作样的
貂蝉，唱腔、身段如花般

老道，并且
貌似忠贞

貂蝉妹子，这一袖
要甩出水来
要把我和曾鸣的盖碗茶
掺满。让我认为物有所值
让曾鸣叫一声巴适
让后台画了脸的董卓
学着曹操望梅止渴

然后，把说着四川话的吕布
这个瓜娃子渴死

成都遇雾

其实，我的鸟巢一直在空洞中。想象是从凌晨开始的一
  种孵化。言语
随遇而安。袍子们如同水银背面次第开放的花朵
在冬日的成都，圆润地张扬。有时，她们会成为所有鸟
  儿的
异想天开

想要抚摸那鸟的手，散落在前世读过的书中。成都
蜀绣们今生的斑纹，像那丝女子般的气息，灵动在那些
  鸟儿们出门后
化掉的羽中

我放在客栈中的书，和玉光洁的言语一样透明毫无遮
  掩。水草们
需要千年才能长成的悲悯，白蛇般纠缠在我腰间若隐若
  现的细节中
神态在清晨开始怡人，并且，让你们心生爱怜

一辆载满晨雾的车，行走在你们暧昧的目光深处。让那
　　尾剔透的鱼
躺在一页文人们山水过的纸上，想要成为
那鸟出门时，唯一可以回家的那首诗。挂在水想象的门
　　楣上

可以把左手中开放出的花朵，萌发成那尾一丝不挂的
　　鱼，让她
在右手说话，说一些成语，一些关于前世的书上，花一
　　样的墨香

我守在到成都来的那条大路中央。只有我的马，才能看
　　得见祖传的鸟巢
我用所有的雾，饲养那鸟

你们听见鸟鸣的时候，雾已经成为粮食，有着性别的
　　粮食
一步一吟
远离你们了

唯有梅

那人要来了。我在些许着水意的信笺上，用走过的寒
听见了空空如也的庭，和几上寂寥的灯盏

在成都触手可及的柔和里，冬日的灯笼
在只能靠想象生长的风中游手好闲

锦江中那尾与锦绣的汉字息息相关的鱼，想随千里之外
　　的
夕阳，将那么多的红，开在他们未经风霜的水路上

那人要来了。我在昨晚三百眼叫作唐诗的井中，情有
　　独钟
听见雪一样的薛，和她笺上的那些情色

可以掌灯了。我在他们遗弃的姿色中，用诗歌在水上
　　结冰
并且，一丝不挂

在大气的唐中望江的竹影，是薛姓的女子飘浮的衣袂

一波，让那人在我要写的梅中驻足，四处张望，打点散
　　落的诗歌

再一波，节气们情不自禁，想要成那草芥状的

芯

在成都线装的诗歌中昼伏夜出的，是与我在唐的锦江边
　　饮过酒水的诗人

他们行装的声色，貌似梅花。长发和漫不经心洒落的字

还是貌似梅花

在 2010 年，我和梢头的诗歌一样，除了与梅花有关的
　　鹿鸣之外

一无所有。我用来款待诗歌和诗人的

就唯有梅了

成都冬日影像之如是鹭

在蜀绣的冬日，我可以选择的水，如同你们可以选择的
　　鸟鸣一样
已经不多了

冬日里读着的诗，是我用一丝丝的寒织成的外套。如我
　　白色的羽
风流。并且，不着一字
就可以写尽我很少涉及的渔，和所有的鱼
还有那些水草着的词汇与不明真相的节气。我要把仅有
　　的船
和招摇的蓑衣还原成参天的大树，以及那些长到了天边的
草

我知道，洁净的水与词汇日渐稀少。我用不动的声色
诱惑那些越来越年轻的书、衣衫，和远处貌似红莓花儿
　　的爱情
桨声目不识丁。一拍

水面诗意顿失，像是我停止过的名字和她们年少时信手
　　涂过的想象
再一拍，散了的是修炼了千年的那诗，那酒，和水草们
走投无路之后，无法尽数的
萎靡

我会选择成都那座虚伪的廊桥下面，在谎言中依旧真实
　　的鱼
在灯光的霜花中思想。在冬日已经可怜的水面漂着
把我仅有的鸣叫，送给长发样如约而至的白鹭
和令人唏嘘的爱情

我是鹭。我是你们用一生也无法走完的路。我就算不翔
我用冬日划过的寂寞，也足以成为你们朝思暮想的
山水

金沙

一

又东北三百里，曰岷山。江水出焉，东北
流注于海，其中多良龟，多鼍，其上多金玉，其下多白珉，其木多梅棠，
其兽多犀象，多夔牛，其鸟多翰鷩。

—《山海经》

从水开始，水便混沌。水中取出白鹳
把鸣叫砍碎，瘴气一直乱到汶山脚下

时间腐烂前，一棵黄桷树了断时间
黄桷树飞翔的刀，了断长发
和密布在女人与稼穑间的脐带

水淹没时间风化的踝
时间跌在麋鹿分叉的枯草上
水淹没荧光的腰，荧光死于兽皮
还在流淌的胆汁

水淹没从未睁开的眼睛

眼睛死在死去的眼神中。她们相互倾诉

把眼睛的死亡看作一条雌鱼游过的水

汶山楠木上结果的巫师，用梦魇开花

采摘坟头的手走在身影里

指着坟头说：你无法逾越

是血液里盛开的黄金

站在拴着青铜的羽毛上。风一天天地老

跌落在巫师说过的水中

筏子作鸟兽散

落水的旧人成了新的筏子

被岸上的篝火敲响

围着火堆的人是火分娩出来的种子

是来不及辨性别的雉，扑腾时

被洪水打折的鸣叫的骨骼

岷江的断头台把影子铡断的同时

一半被诅咒

沉入江底，是腐烂的金子

一半被咒语捆在说出的秘密上

漂到哪里，便在哪里生根

直到发芽时释放出的所有已知，开始枯萎

直到，重新死成沙子

把死前的死，在水中漂洗成光

抓住，又松开。巫师的挂杖

生根

一次次魂魄散尽，又聚拢回来

变成雄鸡精血，密封在陶罐里

在金沙，陶罐中的响动大于黄桷树

用猛禽铺过来的水

大于陶，和绳索摁在水与土之间的手艺

踢中清晨致命的霾。站在巫师睡眠的

旁边。把散落一地的响动捡拾起来

重新响动

巫师说：我说的话，是崭新的死亡
是你想象不及的沼泽，是你的前世

睡吧

二

"它们给了你什么？"
"它们给了我一个火种和一个釉陶护身符。"
"你把它们放在哪里了？"
……

———《亡灵书》

睡吧

蚂蚁在洪水的尸体上修筑茅屋，月光
与茅草一同肆意。钢筋们舞蹈
现实把钟声钉在磨底河的挖掘机上

睡吧

睡梦中真实的石磬。蚂蚁走出躯体

把自己吐进时间的唾沫。除去死亡

还有哪种气息像她们一样

弥漫开来

第一夜：蚕丛的后裔

纵目千里。一千零一里的今夜正在苟且

灯笼被性欲撕碎在光阴的胶套外

桑树上的女人，用乳房和丝唱歌

欲望递给堕落，坠得越快

房屋建筑得越高。一切高于桑树的语录

远离丝，成为石头腐烂后的傀儡

多余的眼睛被敲打成机器的声音

四散开来。岷山高高

桑树的绿色越来越低

第二夜：柏灌的后裔

与猿揖。与人揖。最后，与自己相揖

揖，或者不揖

石头中飞出白鹤的飞机

让石头惊心。森林用钢筋的肋骨做伎俩

遍野的肺气肿

是握手的邻居，用坡度种植牛肝菌

石头的刀潜伏在人体内，拼命地繁殖

直到把天空中灌木们画出的牛

坚硬得一塌糊涂

第三夜：鱼凫的后裔

春天充电的鱼老鸹栖在栎木床头

少一尾鱼，头便痛一次

江河盛满独木舟状的神经病灶

开屏的鱼，被服务生种在因果之中

铁船寄托水草的哀思

之后，把欲望切碎成为新的哀思

四肢无力的鱼

用鳍躺在天上，给后来的人讲述雨

和充过电的鱼老鸹

在水中不停地绝望

第四夜：开明的后裔

从水中来的，未必能回到水中。鳌

在自己的甲壳上凿壁偷光

时间把泄漏出来的散碎的死亡

装在锡罐中想象。茶叶们

用性欲挽留正在死去的水

不能错过飞翔的夜色，和她遗在人间的

物种。树上结出的杜鹃搀扶着灯光

一起合唱。女声部的天赋比淤泥丰腴

胶质唱片躲过声音们坍塌的桥梁

看着水，在唱片上堕落

巫师用荨麻闭上眼睛，抓住泥土的嗓子说

太阳是一块可以升起的石头

躺在石头身下的石头在冬天长出翅膀

躺在睡梦中的暖，不停吞噬月亮

恸哭在北风的口袋里，快速掠过四野

像是刀砍在水中

说：需要建一座永恒的城池

用她的名字，保护你的子孙

三

如乌山上采青石，
青石块块做墙面；
木西岭上砍铁杉，
铁杉作柱又锯板。

尼罗甲格万年椿，
香椿神木作栋梁；
锡普岩上炼白铁，
白铁火圈排用场。

——《羌戈大战》

大河的枝丫结出硕果。腐朽是一种天赋
坚硬的部分用疼痛折磨果实

154

城池是知道恐慌时结的痂。坐在食物对面的

楠，把树荫

装进痉挛的眼眶。把无法淹死的树阴

装进眼眶，又流出来，一层层

夯成城墙

洗过的土是正在生育的女人。城池肥硕

贪欲的蛇与绝望的蕨相提并论

一根在水中行动的木桩

把粗糙的念头钉在地上。鲶鱼游进城

逢人张嘴，阳光盖在地上

正在播撒种子。巫师和鱼的距离

成为预言凋谢的白花

朝高处生长的目光，被身上的石头

拽下来

巫师飘散在方形的叶子周围

说：我把一座城池

给你们背来了

我把自己还未熟透的名字嚼碎后

吐在泥土里了

我把我诅咒成你们的阴影，你们看见太阳

我就在你们的身边

在棕榈叶下种植恐怖。巨大的夜色

用裹尸布的姿势安抚飞蛾翅上

鳞片们群居的时间

死去的树木，与从未间断过生育的泥土

想要阻挡夜色中下滑的蝙蝠

把果实的手掌印在泥上。地面渐渐腐烂

麝在长角的气息中哭泣

坠落的石块看着城池朝天空飞去

一片片的歌声开始萌芽

歌声把四散的尘土抽打出水来

雪在聚集，与雪同样遗迹的恐慌，然后

用白色的嗓子四散开来

种子被唱出来

一座城池最初的种子

在白色的嗓子中央，被篝火烘烤

巫师的躯壳被刚炼出的歌声的刀刃
掏空。风在甲壳虫的翅上收敛力量
制止的手势，指向哪里
哪里就是一座城的小辫

沃野覆盖在水的呼吸中
巫师打造成树杈的钩子，站在他的绿色上
一撩，巫师回到了巫师
水回到了河，绿色隐身成为天赋的反面

城好了
把自己遗在尚未画成的墙壁
把铜晒成影子，成抱日的铜人，小铜人

给你们

四

指着眉毛上的野蜂，
"你去悬崖上落脚。"
指着肚子上的麂子，
"你去老箐里生活。"
指着脚缝里的麻蛇，
"你到空心树里去住。"
指着脚板上的石蚌，
"你到沟塘里唱歌。"

——《查姆》

开始生长。青铜血管的痛是一座城的背景
榛鸡的话语从水中滑过，背负透明的卵
走在蕨菜绒毛的清晨

水丧失声音，蛋壳的形状
游走在太阳与大河的广阔瞬间
掌上的铜人把惶恐安置为城池
吸附在一罐水无名的时间里。水稻扬花
开始引领城池的生长

树梢上成熟下来的碎片，把光聚在一起
黑暗是众多走不动的光
偎在一起的温暖

开始生长。巢的细节，按照呼唤太阳的
姿势展开
在水中溺亡的，在水中永生

水面的细节。翅膀弥漫成盆地的出处
男人的面孔被风贴在大象的姿势中
从风断裂的时间中抽出象牙
从风的伤口中挤出鱼腥草深陷的味觉
陈旧的褐色，与榛鸡笨拙的姿势制成药方
浸进风向的不定
成新的风向。洪水们纷纷死亡
走在水中的象牙把一座城池
挂在盆地的出口

象牙蘑菇的盆地，陶器中大声说话的泪水
撞击一条大河的源头

鳞毛蕨的邪恶躺在水尸体的树上

异见在裸鲤混浊的船上开花

漂浮的牙，行程滴落在大象们一片片

撕开的光阴中。走在象牙前面的血

是陶罐的白，最后呈现出的容貌

泡在成为土的水中

象牙的箭击中心脏，水的嘴唇把咒语

一遍遍磨细，铺在鱼上岸的情景后面

披着苔藓的天色

把声音的项链挂在

起伏的光线中

成为所有箭镞噬过的血滴

洪水的皮被木桩夯进洪水自己，包裹着的

雷声贴着大地飞奔

开始生长。雷声的废墟长满黑色耳朵

黎明漂在水上的裹尸布破碎成榛鸡

堕落的卵壳

咬牙的洪水站在漩涡的时间边

妇人死在蛇谗言的怀里……

用梅花鹿琐碎的曲调怀疑

洪水的骨骼，直到冬天的角埋在一座从未

移动的脚印下面

五

凡岷山之首，自女几山至于贾超之山，凡十六山，
三千五百里。其神状皆马身而龙首。其祠：毛用一雄鸡瘗。
糈用稌。文山、勾檷、风雨、騩之山，是皆冢也，其祠之：
羞酒，少牢具，婴毛一吉玉。熊山，席也，其祠：羞酒……
太牢具，婴毛一璧。干儛，用兵以禳；祈，璆冕舞。

——《山海经》

北方饮酒的星宿在楠木金丝的怀中微醺

青铜沿蜀葵开放的路线漂浮

时间们纷纷潮湿

金丝的分岔处，捆绑着遗失的乌鸦

用巫水的金箔止渴

最初的咒语是女巫说出的黄金，和腰上

结出的巢穴

蜀葵的路在五匹马的手上闪光。轻重之间

水越来越踏实，松柏开始分科

妖娆把水从地上扶起，孵成天上飘着的天

一朵被蜀击打出的碎片，把声音的桨

挂在梢上。水楠

疾病意味叶子幸存的大小

野猪驮着春天笨拙的雷声走过平原

大象在三叶草眼睑的天空中

飞奔，数着过路时

用黄桷树冠打盹的季节

从染色的咒语中浸出来的黍，把牙齿

遗失在平原外套的褶皱后面

雷声一遍遍地把整个平原搂在蜘蛛的怀里

人们在黍弯腰的通透处

找寻嵌在青铜上的话语

路过平原的月色，把根扎进结冰的声音

麋鹿沿着时间的峭壁

回到水，和黎明的鲤鱼精致的唇上

想要拽住平原上升的马尾松

用睡眠铺路，酒一层层地靠近笼子的

云朵，在黍脱水的手臂上摊开

夕阳是酒朝上发芽的河汉状态

视线的空洞足以颠覆云朵和猫头鹰之间的

发辫。苇叶径直长到

死亡最新抽穗的门槛，开门即暮色

在关节上一笔笔地犹豫

酒的长鬃沿黍从未走过的来路逃逸

肌肉被平原扯成旗帜，马尾松疾走

打开雨的松针把风重新别在平原上，风

裹着夕阳的冰凉

在松球的言语中萌发新的死亡

肺腑被奔跑的平原遗在后面，众鸟黯然

青铜沿途播下的三叶草种子

尚未抵达表情

天色依旧呈现榕树上结出的象牙状

大象高于平原的交媾声，成为月光深陷的

青铜的凹处

洪水死亡后蜕去的壳

晾挂在布谷鸟寓言的前面

风一次次地逼近，象牙走过的阔叶林

弯曲之后的树汁，从梦中浸出的

树汁。壁虎

引领所有人的睡眠跨过火堆

洪水从整个合唱的女声部中伸出树枝

六

"人的生命之树"受到原质能量的滋养，其树枝上下伸展，
感官对象是其树芽。它的树根向下延伸深入到尘世……
——《薄伽梵歌》

模仿豆荚声音的瓢虫滴穿平原
陶罐的画逼迫季节最后的缝隙

菽用浑圆，诱惑长出的叶子
和远山的途径
棕熊的号子散落在出走的水中
巫师在彩虹上筑巢
取暖的烟长成的壁上四方的头发

堆积在散漫言语篱笆边的菽
从蝉翼的壳中弹开豆荚。蝉鸣一点点拉长
时光，摇摇晃晃地堆成

开口说话的垄
把一句话撕开，烘烤

成为岷江柏树的根，用味道遗传

生病的稷越长越小，西边水路三千
死一条，松鸦的爪便多一条
木质的阶梯向车前子打着招呼

撒向银杏树林中偷听的云，耳朵
在稷的方向感中奔跑
巫师收敛水面的波光，鹿皮梅花的带子
像是春天的骨朵

稷把松鸦的拐杖插进土中，胆怯飞向树荫
种子拴住河的睡眠
大地用繁杂的草区别一种叫作稷的植物
直到无话可说

飞翔的稻栖身酒筑成的岷江柏
江水把唱歌人的路漂得很远

脱下雨的蛙

让野鸭孵化的稻壳鄙视成尚未命名的水草

湖水是坐在大地上哭泣的女人

一种白，折断在云朝西说话的途中

睡在白中的占卜师，被鱼腥草的烟火

点燃。白越来越小

直到独木的船发芽，在水中生根

湿地是一粒水稻，把撑船的人

用余晖放牧在水天的

成色外面。芦苇被占卜师的雨淋湿

最后一双脚

小麦栖在高处的枝上，泥土们纷纷而至

鸣叫成熟的麻雀射向还在奔跑的平原

只有一种姿势可以挽救成长

譬如喊弯了河的垂柳

正在吮吸灰色的背影

小麦敦厚的手攥着河流，走上山冈

走上被风吹空壳的山冈

风击中上一茬风

空心的小麦在天气说话的地方出气

直到雨季被麦芒挑出名字

菽把土搬上来

稷把土搬上来

稻把土搬上来

小麦把土搬上来……

杂乱的粮食用密谋的船把土从地里运了上来

草茎的腰扶直了木头、石块和躺在地上的水

一座城就地成熟

七

惟月孟春，獭祭彼崖。永言孝思，享祀孔嘉。彼黍既洁，
彼仪惟泽。蒸命良辰，祖考来格。

——《华阳国志》

168

陶罐盛满风和咒语。河中死去的女人
把歌谣铺满整个水面，直到
倒影成楠木上的金丝。一朵朵的火苗
拴在天穹将要熄灭的地平线上
歌声的爪
黑压压地支撑躺着的呼吸
像是森林逃亡的轮廓

遗传黝黑的狞笑，在皮肤的大河上奔跑

黄桷树说话的头巾
死于河畔的阴影。种植一次葬礼
城池在时间的篙杆上用诡秘刻一间茅舍
河中的女人
给歌谣织布，乳房沿着蜀葵的身份
成群结队。像背着声音远去的蜂群

陶罐盛满火与畏惧。桦木垂死的睡眠
密封在火光中间
在荧光上生产的女人，把时间的籽

打磨干净，依次叫出它们的方位

七星瓢虫

拨开水做的壳，和箭镞滴落在人们搭建的

抵抗中。水植于高处的黄金，凋零

声音的疼痛喊碎的陶罐，潜伏在山丘

女人在低处采摘翠鸟们啄破的春天

喂养水的孩子，和北方的薇

风拴着草丛上掠过的咒语

喝醉酒的陶，坐在黄金的软处

一声不响

女人用下雨的合声部，把盛满痉挛的陶罐

运到酒抵达的对岸

犀牛在角上的思索夭折，水在鼓面上

停顿。城池的低音部开出莲花

女人潮湿的咒语，拌在阳光中

催生众多的哭声

找到金子，水中呼吸的鸟，用切开的水
献出黄金的面具
江水浩渺，江水的枝条上奔跑的雪豹浩渺
成一滴溶入水的黄金背景

比一朵蜀葵开放成黄金更让鼹鼠失眠
蚯蚓，在开阔地的芬芳背面积攒咒语
遗失的唾沫
陶走在金子死后，一层层铺着的火焰上
从岷江开始，直到制陶的手，招来手的
魂魄

陶和人死去的声音，贴在金子滴出的
那句空洞上

八

于以采蘋？南涧之滨。于以采藻？于彼行潦。

于以盛之？维筐及筥。于以湘之？维锜及釜。

于以奠之？宗室牖下。谁其尸之？有齐季女。

——《诗经·采蘋》

躺成河流的树，流进秋天

时间在自己的硕果中丰满成时间

黄金笨拙的雌鹿在平原奔跑

琼中来路不详的咒语

随占卜师疯长

城池需要植物、动物、水，还有黄金感应

或者炙手可热的话语

盛产黄金的树在鹿驮来的路上昏昏欲睡

用冬眠偷听女人贮藏生命的密语

死亡灌注的树枝，击中

乌鸦的信使，和她

正在夜晚播种的黄金的私生子

金子用蛙的叫声分娩

用装载机割断青铜的脐带

后 记

　　对我来讲，成都是从都江堰的宝瓶口流出来的。幼时，在书籍匮乏的年代，一本纸张黄且脆，已经翻得没了封面与封底的小册子里，有一节说到成都。其中，一幅小插图，绘的便是宝瓶口。这是成都平原在我认知里的起源。当然，我最喜欢的是镇守在那里的二郎神杨戬。随后，《西游记》《聊斋志异》之类的闲书读多了，但凡要去一个新地方，便要找一些当地的传说读读。没传说或神迹的地方，似乎勾不起我的兴趣。现在依然是这样。不过，当下现编的伪传说，已公然到让人麻木。还好，年轻一代从骨子里是怀疑这一套做旧的。他们的钱不好赚。更多的时候，他们不吱声，他们不把这些当回事。

对于写诗的人，后生可畏，不是说着玩的。诗歌的无止境，让每一个真正爱诗的人根本无法体会到"一览众山小"的境界。这是诗人的宿命与无奈，痛，甚至悲哀。去年底，《星星》诗刊公开征集科幻诗时，我对编辑们讲，多关注年轻人吧，像我这般年龄的人，受农耕文明影响太深，想象力是不够的；即使有，多是怪力乱神，与科幻终是有区别的，年轻人的科幻才是真正的科幻。此话虽绝对了一些，想想个中也不无道理。

我于 2009 年初夏开始定居成都。此间，不管成都让我遇见什么，或是不管我怎么努力地说服自己去适应她，甚至从不同的方面去讨好她，终归事与愿违，我与她在心理上的距离还是越来越远。成都越来越大，从开始坐出租车、坐公交车，到现在坐网约车、坐地铁去上班；从去超市购物、去菜市场买菜，到美团送货上门；从在居家的西门附近活动，在单位周边茶室谈事聊天，到现在花一个多小时去天府新区吃饭，成都与我之间，还是一个"隔"字。隔到我不止一次怀疑自己当初来成都的目的是什么。

从司马相如驷马桥的成都，到杜甫草堂的成都、薛涛井的成都、陆游梅花下的成都……一路下来，到了新诗的成都。锦江中的诗意，似乎已被旧体诗的先贤与写新诗的诗长、同人们打捞殆尽。在农耕文明与工业文明、信息时代叠加的现在的成都，如何写诗？写什么样的诗？从已经呈现出的景观来看，诗人众多到空前，几乎每一个写作者都认为自己的写作代表着新诗发展的方向。这样一来，我现在尤其喜欢那些把诗歌写着玩的人。反倒是拼了命要写出什么来的人，让我怀疑——我没有资格怀疑他们的人品，但我怀疑他们的天赋。每一个写诗的人都认为自己有天赋，可是要相信天赋比买彩票中头奖还稀缺，这是不争的事实。去年，在泸沽湖畔，与一位见识很广的北京作家聊到诗歌，他说，现在的诗歌就是江湖。一听此话，心中一凉。

说到诗是江湖，想必那里面的人，没有一个是不累的，只是委屈了真正的诗人与诗歌。

写什么？怎么写？这是老话。对于当下而言，却是一个想要成就一番的写作者至关重要的思考。题材和我们每天的经历，可以说是全新的，哪些可以入诗？或者，以什么样的形式入诗？AI 面前，众多的写作，将来都会面临无意义。这也是不争的事实。甚至，会不会出现新的艺术门类从诗歌中再分一杯羹？作为歌手的鲍勃·迪伦拿走了诺贝尔奖；崔健出了诗集；刀郎的《山歌寥哉》中的不少歌词，当作诗歌，可能会成为经典。这些不是偶然，是诗歌发展到今天的必然。如此一来，诗歌还剩下什么？

友人让我编这本写成都的诗集时，我想到的是这种大背景下真正的诗歌是什么？这种大背景下写成都的诗歌究竟该是什么样子？时代在加速变化，过去，甚至昨天的标准都不适合今天。但是，诗歌又有它不变的本质，这个本质不会以一种固化的形式存在于我们的内心，比如马车、汽车、火车、飞机，还有宇宙飞船……快，才是它们的本质。

2024 年 4 月 17 日于成都

178

图书在版编目（CIP）数据

新成都诗歌 / 龚学敏著．——成都：成都时代出版
社，2024.6
（新时代成都文学丛书）
ISBN 978-7-5464-3411-7

Ⅰ．①新… Ⅱ．①龚… Ⅲ．①诗集－中国－当代
Ⅳ．① I227

中国国家版本馆 CIP 数据核字（2024）第 028438 号

新成都诗歌
XIN CHENGDU SHIGE

龚学敏　著

出 品 人　达　海
责任编辑　李卫平
责任校对　张　巧
责任印制　黄　鑫　曾译乐
装帧设计　成都九天众和

出版发行　成都时代出版社
电　　话　（028）86742352（编辑部）
　　　　　（028）86615250（发行部）
印　　刷　四川华龙印务有限公司
规　　格　170mm×240mm
印　　张　12
字　　数　120 千
版　　次　2024 年 6 月第 1 版
印　　次　2024 年 6 月第 1 次印刷
书　　号　ISBN 978-7-5464-3411-7
定　　价　52.00 元